# VE

## DU MARDI

## HOTEL DROUOT

A DEUX HEURES 1/4

# BELLES TAPISSERIES

## DES ÉPOQUES LOUIS XIV & LOUIS XV

## MEUBLES ANCIENS & MODERNES

### MARBRES, BRONZES, TERRES CUITES

## Œuvres de Carrier-Belleuse

# BIJOUX

## ARGENTERIE — MINIATURES

Objets de Vitrine et de Curiosité

M⁰ Georges **DUCHESNE**  
*Commissaire-Priseur*  
6, Rue de Hanovre, 6

M. A. **BLOCHE**  
*Expert près la Cour d'appel*  
28, Rue de Châteaudun, 28

## EXPOSITION PUBLIQUE

LE LUNDI 6 MAI 1895, DE 2 H. A 6 H.

IMPRIMERIE ARTISTIQUE

**E. MÉNARD & C<sup>ie</sup>**

*Bureaux et Ateliers:* PARIS — 8, RUE MILTON

# CATALOGUE

DE

# BELLES TAPISSERIES

A PERSONNAGES ET VERDURES

## MEUBLES ANCIENS & MODERNES.

**Ameublements de salons en bois sculpté et laqué**

Louis XV et I" Empire

Bahut, Consoles, Fauteuils, Lutrins, Armoire, Fontaines
Chaise, Tables, Commode

**Chambre à coucher de Krieger      Salon de Leys**

**Marbres, Bronzes, Terres cuites**

## ŒUVRES DE CARRIER-BELLEUSE

**SERVICE A DESSERT EN VIEUX JAPON**

## BIJOUX

ARGENTERIE, OBJETS DE VITRINE ET DE CURIOSITÉ

MINIATURES

DONT LA VENTE AURA LIEU

# HOTEL DROUOT, SALLE N° 11

## Le Mardi 7 Mai 1895

A 2 HEURES 1/4

---

| Mᶜ Georges **DUCHESNE** | **M. A. BLOCHE** |
|---|---|
| *Commissaire-Priseur* | *Expert près la Cour d'appel* |
| 6, Rue de Hanovre, 6 | 28, Rue de Châteaudun, 28 |

*Chez lesquels se distribue le présent Catalogue*

---

**EXPOSITION PUBLIQUE**

*LE LUNDI 6 MAI 1895, de 2 heures à 6 heures*

# CONDITIONS DE LA VENTE

---

La vente sera faite *expressément* au comptant.

Les acquéreurs payeront en sus des adjudications *cinq pour cent.*

L'exposition mettant le public à même de se rendre compte de l'état des objets, il ne sera admis aucune réclamation une fois l'adjudication prononcée.

Paris. — Imp. E. Menard & Cie, 8, rue Milton.

# TAPISSERIES

1 — Belle tapisserie de Bruxelles ou des Gobelins de l'époque Louis XIV, représentant Apollon charmant les Muses pendant que l'amour dans les airs décoche son trait à l'une d'elles. Composition de neuf personnages dans un riant paysage.

Larg., 3 m. 15 cent.; haut., 2 m. 48 cent.

2 — Tapisserie du temps de Louis XIV, représentant une des batailles livrées par Attila. Composition d'une multitude de personnages, guerriers et cavaliers, bordure à trophées d'attributs guerriers.

Larg., 3 m. 50 cent.; haut., 2 m. 80 cent.

3 — Pannneau en ancienne tapisserie, verdure avec volatiles, bordure à feuillages et ornements.

Larg., 1 m. 30 cent.; haut., 2 m. 60 cent.

4 — Panneau d'ancienne tapisserie, verdure.

Long., 1 m. 05 cent.; haut., 2 m. 15 cent.

5 — Portière en ancienne tapisserie, représentant des hommes d'armes dans un paysage.

Haut., 2 m. 10 cent.; larg., 1 m. 10 cent.

6 — Tapisserie, représentant une jeune femme agenouillée devant son roi assis sur un trône, bordure à fleurs et feuillages.

Haut., 2 m. 50 cent.; larg., 2 m. 45 cent.

7 — Tapisserie, représentant Suzanne et les deux vieillards, bordure à fleurs et feuillages.

Haut., 2 m. 65 cent.; larg., 2 m. 10 cent.

8 — Tapisserie ancienne à personnages, sujet mythologique avec jolie bordure à fleurs et médaillons, XVII$^e$ siècle.

# MEUBLES

## OBJETS D'ART

9 — Très bel ameublement de chambre à coucher en vieil acajou orné de cuivre de style anglais, fourni par la maison *Krieger*. Il se compose d'un lit à double face, une armoire à trois portes dont une à glace, une table de nuit et un bureau ministre surmonté d'une bibliothèque.

10 — Beau meuble de salon en satin rouge, fourni par la maison Leys, composé de deux causeuses, deux fauteuils et deux paires de rideaux.

11 — Armoire à glace en acajou.

12 — Porte-album.

13 — Table de fantaisie.

14 — Beau meuble de salon en bois sculpté, laqué vert et bleu recouvert en tapisserie au point à fleurs et palmes sur fond jaune. Époque Louis XV, composé de : un canapé et six fauteuils.

15 — Meuble bahut en bois sculpté ouvrant à quatre vantaux, montants à chutes de fleurs et fruits retenues par des têtes de satyres orné dans le haut d'une frise à rinceaux feuillagés et tête d'anges. Époque Louis XIII.

16 — Console en bois sculpté et doré. Époque Louis XV, dessus en marbre rouge griotte.

17 — Belle armoire à deux portes et à colonnes torses, en bois noir. Époque Louis XIII.

18 — Grande console en bois sculpté peint noir et or. Époque de la Restauration.

19 — Commode bureau en bois rose et bois ronceux.

20 — Deux tabourets en acajou couverts de soie rouge.

21 — Chaise en bois sculpté du temps de Louis XVI, modèles à Piastres.

22 — Meuble de salon, style I<sup>er</sup> Empire en bois sculpté, rechampi de gris, composé d'un canapé, deux fauteuils et deux chaises.

23 — Tabouret en bois sculpté, rechampi de gris, foncé de canne, style Louis XVI.

24 — Fauteuil d'enfant en bois sculpté et rechampi de gris, style I<sup>er</sup> Empire.

25 — Petite chaise longue en bois sculpté rechampi de vert et à filets blancs, style I<sup>er</sup> Empire.

26 — Modèle de bateau trois mâts en verre filé, très finement exécuté.

27 — Six gravures en couleurs ayant trait aux derniers moments de la famille royale sous la Révolution de 1993. (Encadrées),

28 — Lutrin Louis XIV.

29 — Banquette, style Louis XVI, en bois rechampi de gris et de bleu, foncée de canne.

30 — Intéressante collection de moulages des monnaies et médailles à l'effigie des anciens grands ducs et Tzars de Russie.

31 — Compotier de Sèvres, fond bleu turquoise à médaillons, scène champêtre et oiseaux, encadrements à rehauts d'or.

32 — Petite table de nuit en acajou, garni de bronzes, I$^{er}$ Empire.

33 — Gravure en couleur, représentant le général Poniatovski.

34 — Huit chaises en bois sculpté et paillé, couvertes en velours frappé rayé rouge et gris. Époque Louis XIV.

35 — Très jolie et ancienne fontaine en bois sculpté à têtes d'Amours, garni de ferrures, bassin et récipient en étain gravé et surmonté d'une figurine d'Amour.

36 — Fauteuil en bois sculpté, forme coquille, accotoirs à Dauphins.

37 — Fauteuil en bois sculpté, couvert en ancienne soirie Louis XV.

38 — Chaise basse recouverte d'ancien velours rouge.

39 — Petite table recouverte de velours.

40 — Paire de chenêts en bronze, style Louis XVI.

41 — Deux chenets en bronze ciselé et doré. Époque Louis XV.

42 — Table en bois laqué.

43 — Paire de très jolis vases forme ovoïde à couvercles en marbre fleuri violacé, montés en bronze ciselé et doré, anses à têtes de satyres, style Louis XVI.

44 — Deux cassolettes en fluorine, montés en bronze, style Louis XVI.

45 — Deux jardinières, forme Louis XV, en bronze ciselé et doré avec sujets mythologiques en bas rélief.

46 — CARRIER-BELLEUSE. Le Réveil. Buste marbre blanc. Haut., 65 cent.

47 — CARRIER-BELLEUSE. Silène. Groupe en terre cuite. Haut., 6o cent.

48 — CARRIER - BELLEUSE. Bacchanale. Groupe terre cuite. Haut., 35 cent.

49 — CARRIER-BELLEUSE. Offrande à Bacchus. Groupe en terre cuite. Haut., 6o cent.

5o — Buste en marbre : Diane d'après Houdon.

51 — Petit buste en marbre, représentant Marie-Antoinette.

52 — Deux statuettes. Enfants torchères en marbre.

53 — Belle garniture de cheminée en marbre rouge et bronze doré de style Louis XIV, sortant de la maison Raingo, composé de : une pendule et deux candélabres.

54 — Deux petits bustes d'enfants en bronze, style Louis XVI.

55 — Service à dessert en vieux Japon, composé d'environ quatre-vingt assiettes.

56 — Deux petits vases en cristal bleu, montés en bronze xviiie siècle.

57 — Tableau par Godin : Port de Hollande.

58 — Tableau par Godin : Les Marais, effet de soleil couchant.

59 — Glace Louis XIII, cadre en bois à moulures.

# BIJOUX

## Argenterie, Miniatures

60 — Paire de boucles d'oreilles, formées de deux saphirs entourés de vingt brillants.

61 — Deux boucles d'oreilles formées de deux brillants anciens.

62 — Bracelet chaîne en or, enrichi de brillants, rubis, saphirs et pierres fines de fantaisie.

63 — Bracelet porte-bonheur, huit brillants et sept saphirs.

64 — Bracelet en or, enrichi de douze perles fines.

65 — Broche-barette enrichi de quatre émeraudes et trois brillants.

66 — Broche nœud Louis XVI, enrichi de diamants rubis et perles fines.

67 — Broche forme brouette avec hirondelles en diamants.

68 — Broche coquille, diamants et perles fines.

69 — Bague à deux corps, enrichie d'un rubis et de brillants.

70 — Bague saphir entouré de brillants.

71 — Bague enrichie de vingt brillants et une perle fine.

72 — Bague ornée de cinq rubis.

73 — Bague, un saphir, un rubis et diamant.

74 — Épingle de cravate avec quatre brillants et un saphir.

75 — Épingle à cheveux en écaille avec fleurs de lys en diamants.

76 — Médaillon en onyx avec chiffre S en perles fines.

77 — Montre ancienne en argent, Saint-Georges.

78 — Épingle de cravate trèfle avec trois perles fines.

79 — Croix en or et perles fines.

80 — Bague en or enrichie d'un diamant.

81 — Poignard en argent niellé.

82 — Statuette de porteur d'eau en argent.

83 — Traineau en argent.

84 — Boîte de montre ancienne en vernis Martin.

85 — Assiette en porcelaine de Vienne.

86 — Paire de jolies boucles d'oreilles turquoises entourées de deux rangs de brillants.

87 — Bague dite jardinière enrichie de brillants, de saphirs, de rubis et d'émeraudes.

88 — Bague dite Jumelle, composée d'une perle grise, un brillant et quatre petits diamants.

89 — Bague enrichie d'un diamant et de deux trèfles en roses.

90 — Bague serpent en or avec un émeraude.

91 — Chatelaine et montre en bois, garnies d'argent.

92 — Grand plat à poisson en argent, bordure à filets.

93-94 — Deux légumiers avec couvercles en argent, à bords contournés de forme Louis XV.

95 — Jolie cuiller à sucre, argent ciselé.

96 — Boîte à cigarettes et à allumettes en argent incrusté d'ornements émaillés.

97 — Grande miniature sur ivoire : Portrait de
Mme Récamier.

98 — Grande miniature sur ivoire : Portrait de
Mlle de Beaujolais.

99 — Miniature sur ivoire : Portrait de
Mme Sophie.

100 — Miniature représentant un Portrait d'enfant
costume Louis XVI.

101 — Miniature : Portrait de Mme Vigée Lebrun
et sa fille.

102 — Miniature : Sujet d'après Boucher.

103 — Bonbonnière ornée d'une miniature sur
ivoire.

104 — Porte-or, orné d'une miniature.

105 — Miniature : représentant la leçon de vielle.

106 — Miniature : Portrait de l'Impératrice
Joséphine.

107 — Clef ancienne en fer.

108 — Pistolet en bois sculpté et gravé, garniture en argent de H. Naye à Marseille.
Époque Louis XV.

109 — Miniature : Portrait de femme en costume
Louis XV.

110 — Miniature ronde sur ivoire : Portrait de
jeune fille blonde.

111 — Miniature ovale sur ivoire : Portrait de
jeune fille, cheveux poudrés.

# FOURRURES, COSTUMES DE FEMME

112 — Belle peau d'ours gris.

113 — Coupon de satin rouge.

114 — Paletot en velours.

115 — Pèlerine garnie de jais de couleur.

116 — Pèlerine en drap beige.

117 — Matinée en velours broché.

118 — Tunique et corsage en crèpe de Chine beige brodé.

119 — Selle de dame et sa bride.

120 — Ridicule en velours vert avec monture en argent.

121 — Objet omis.

RED.:

16


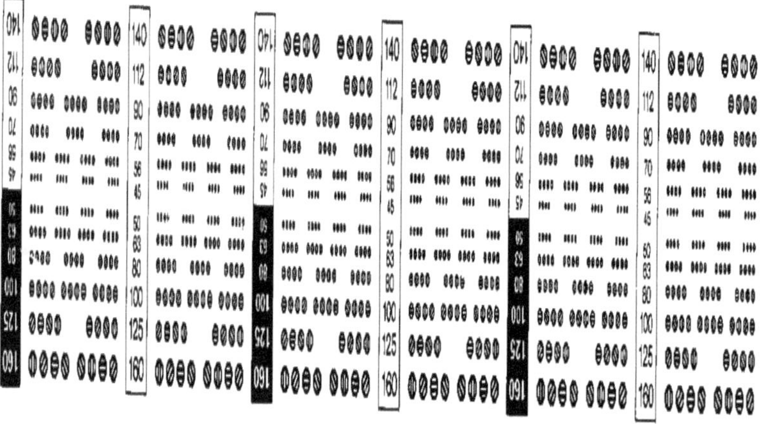

MIRE ISO N° 1
NF Z 43-007
AFNOR
Cedex 7 - 92080 PARIS-LA-DÉFENSE
graphicom
379.89.70


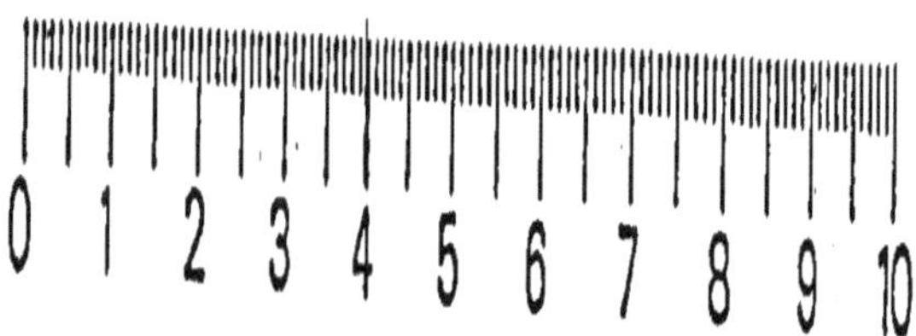

0 1 2 3 4 5 6 7 8 9 10

# BIBLIOTHEQUE NATIONALE DE FRANCE

****

# CHATEAU DE SABLE

1996